TRISTAN
DERÈME

LE QUATORZE JUILLET OU PETIT ART DE RIMER QUAND ON MANQUE DE RIMES

AUX ÉDITIONS EMILE-PAUL FRÈRES, A PARIS, 14, RUE DE L'ABBAYE, PROCHE SAINT-GERMAIN-DES-PRES
1925

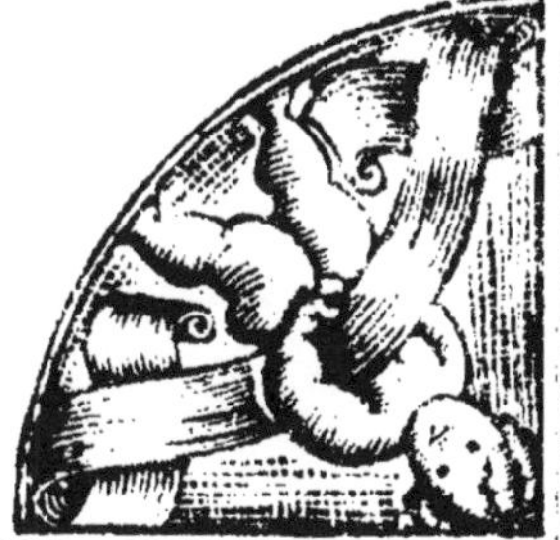

LE QUATORZE JUILLET OU PETIT ART DE RIMER QUAND ON MANQUE DE RIMES

LE QUATORZE JUILLET OU PETIT ART DE RIMER QUAND ON MANQUE DE RIMES

PAR

TRISTAN DERÈME

SE VEND
AUX
ÉDITIONS ÉMILE-PAUL FRÈRES
A PARIS, 14, RUE DE L'ABBAYE

DÉDICACE

à H. P.

Prends ta flûte fidèle et souffle aux vieux roseaux.
La lune monte au ciel qu'ont quitté les oiseaux ;
Les branches du sureau sont d'étoiles fleuries
Et les grillons, dans l'ombre, enchantent les prairies.
Pourquoi ce cœur amer dans la belle saison,
Dans cette chaude nuit qui berce la maison,
Tandis qu'un papillon s'acharne à ta bougie
Et tourne et sans daigner poudrer ton élégie
S'enfuit par la fenêtre ouverte sur l'odeur
Des trèfles mûrs et vers les prés où luit l'ardeur
Des vers-luisants qui sont les étoiles de l'herbe ?
Mais d'anciens bonheurs tu rattaches la gerbe
Et seul et douloureux jusqu'au ciel pâlissant
Tu ne contemples rien qu'un beau visage absent.

Mais il fut tout à soi quand il fut en province...
CORNEILLE *(Othon III. 3)*.

J'en cognois qui ne font des vers qu'à la moderne,
Qui cherchent à midy Phœbus à la lanterne,
Grattent tant le françois qu'ils le déchirent tout...
THÉOPHILE.

Quatorze juillet ! et nous finissions l'après-midi chez M. Théodore Decalandre, à Tarbes. Par les persiennes, glissaient les nappes brûlantes d'un soleil oblique, cependant que trois orchestres jouaient à la fois sur la place Maubourguet, où les ormeaux laissaient pendre leur verdure triste dans la poussière et la chaleur. On entendait aux violons l'amour avide et langoureux de *Dalila*, la *Valse Bleue* et les tempêtes ridicules d'un jazz-band.

— Que n'ai-je trois oreilles?... murmura M. Decalandre.

D'un quatrième orchestre, qui errait par les rues et qui donnait à danser aux carrefours, s'éleva l'allégresse mélancolique d'une polka que soulignaient les rugissements d'un trombone grognon.

— Chacun rit et se rue
Et tourne ; tu n'as qu'à
Descendre dans la rue
Pour danser la polka,

improvisa M. Baramel.

L'heure approchait du dîner. Les musiciens regagnaient leurs tanières, pour reprendre, aux viandes comme aux vins, quelque vigueur, afin d'enivrer ensuite et de cadencer les bals de la nuit. Alors, tous les phonographes de la ville se prirent à chanter du nez. Il y en avait aux fenêtres ; il y en avait dans les corridors ; il y en avait, je pense, sur les ardoises bleues des toits pointus. Jean de La Fontaine, à les ouïr et voir, eût gagné les bois et les prairies, car vous n'ignorez point qu'à la seule pensée d'un instrument solitaire et sonore, il se trouvait empli d'effroi « *Si un luth*, disait-il, *jouait tout seul, il me ferait fuir, moi qui aime extrêmement la musique.* » Un luth...

Dieux ! que le gramophone est triste quand je bois,

dit M. Decalandre, en élevant son grand verre, et comme, en ce vacarme, nous nous mettions à table, en souvenir de Jules Laforgue qui avait, en cette ville, vécu les jours de son enfance et songeant aux lumineuses guirlandes qu'on allumait et qui allaient éblouir les branches du Marcadieu, il dit encore :

J'ai le cœur triste comme un lampion forain.

Puis, tandis qu'on apportait une immense soupière de faïence blanche et bleue, qui, le couvercle enlevé, laissait monter, vers la lampe de cuivre au plafond suspendue, l'abondante vapeur de la familiale garbure où flottaient les parfums du chou vert et de la cuisse d'oie confite, M. Lardimentière, je ne sais quel diable le poussant, entreprit de louer les vers qu'avait, le matin, récités dans la grande salle de la Mairie, M. Carnibolle, poète local et médiocrement inspiré, mais qui aspirait après une justice de paix.

Sous le prétexte de chanter la Fête Nationale, il n'avait pas manqué de balancer un pauvre encensoir sous les narines dédaigneuses, mais flattées, de M. Labranère, député et président d'honneur des chasseurs au gluau du département. « Salut, déclamait-il, son papier à la main, et de sa gauche, il retenait sur l'estomac les deux ailes de sa jaquette dont les basques volaient aux carreaux de son pantalon beige et blanc,

Salut au Député que nous vénérons tant !
Nous montrant l'Idéal, il connaît nos affaires ;
Honorons en ces vers notre Représentant
Qui s'appuie à Paris sur les plus hautes sphères !..

Toute la foule avait acclamé le vieux parlementaire et les cris avaient pris une telle vigueur qu'ils renaissaient sans cesse. M. Labranère, lui-même, et devant son fauteuil s'était vainement dressé pour apaiser ce délire. On avait dû lever la séance et parcourir les rues en cortège, cependant que, courant de groupe en groupe, M. Carnibolle, inlassablement, récitait les derniers quatrains de son poème. Personne ne l'écoutait. « Je donnerai ce petit ouvrage à *la Vigie Pyrénéenne,* disait-il, ainsi vous le pourrez tous lire en famille. »

— Pouah ! fit M. Decalandre, peut-on faire un tel usage des Muses et avilir, de la sorte, leur musique ! Que ce M. Carnibolle compose des vers, s'il lui plaît — pourvu qu'il ne me les donne point à lire —, et j'entends qu'il assemble des rythmes et des rimes pour chanter sa peine ou son allégresse, — mais chanter M. Labranère!... Qui nous délivrera de la poésie politique, si elle n'est point satire vigoureuse ou haute leçon! — c'est au vieux Ronsard que je pense. Le président d'honneur des chasseurs au gluau!.. Et je ne puis moi-même le nommer sans lâcher un alexandrin!...

Mais n'avons-nous pas vu choses plus étonnantes encore et des élégies qu'on mutile, comme on casse les pattes à un lièvre, et qu'on rembourre à la façon des vieux fauteuils, pour leur donner l'aspect de poèmes civiques?

Et se tournant vers M. Lardimentière:

— Nous vivons en un siècle étrange, mon ami, où l'on ne fait rien à demi; et quel temps fut jamais si fertile en miracles? On l'a dit, je le sais, et je le dis sans rien y trancher, en des jours doux au chirurgien. Mais cessons d'employer la langue des oracles.

Ainsi, les gazettes nous apprenaient, au dernier hiver, qu'un professeur dont je n'ai garde de retenir le nom, et que, pour les commodités du discours, nous appellerons M. Trèfle, que M. Trèfle, dis-je, avait reproduit, dans l'un de ses recueils de morceaux choisis, un texte

2

de Francis Jammes, mais en supprimant, aux pages du poète, Dieu, la Vierge et en muant Saint-Vincent de Paul en un brave ouvrier. On savait qu'Orphée avait été rompu et déchiré par les bacchantes, mais on ignorait encore que ce mystérieux syndicat de prêtresses, aux temps où nous vivons, comptât en ses rangs des agrégés.

Or, on nous confia que M. Trèfle, étant venu s'asseoir devant les juges, aux fins de s'expliquer sur ces travaux, il s'était plu à déclarer par le truchement de la défense, qu'il n'avait causé aucun tort à Francis Jammes et qu'il s'était lui-même et tout honnêtement soumis aux circulaires, décrets et lois qui, de leurs ailes puissantes, planent sur les vallons de la neutralité scolaire. Je me propose donc de donner une nouvelle édition des *Entretiens Spirituels*, en y pratiquant les coupures convenables et de telle sorte que les méditations de Saint-Ignace de Loyola se puissent confondre avec les pensées qu'Anatole France avait coutume de pêcher en son encrier philosophique.

— Il m'est venu en l'esprit et tandis que je vous écoutais, déclara M. Baramel, qu'il est, si l'on se trouve féru de neutralité, bien des écrivains qui appelleraient, comme on parle, la serpe et le greffoir de votre M. Trèfle. L'un des plus redoutables, n'est-ce pas Victor Hugo? Il ne cesse d'évoquer Dieu, l'âme, que sais-je encore, et autres êtres ou fictions qui ne sauraient, en s'y reflétant, qu'usurper le vide miroir des enfances neutres. Un poète, on le peut toujours neutraliser, et je ne songe à m'aviser d'évoquer le Grand Turc ni ceux qu'il neutralise : neutralité, c'est leur devise ; mais écoutez Booz,

Tournant vers Dieu ses yeux par le sommeil noyés...

Qu'ai-je dit? Corrigeons :

Tournant vers l'avenir ses yeux d'ombre noyés...

Et quelles paroles profère-t-il? Celles-ci :

Et je courbe, ô mon Dieu, mon âme vers la tombe
Comme un bœuf...

Quelle injure à la neutralité! Nous dirons désormais, je vous prie :

Je courbe ma dorsale épine vers la tombe,
Comme un bœuf...

Notez que ma méthode est excellente et vous allez entendre comme elle sera profitable aux jeunes intelligences Nous avons dit : *l'avenir* et nous avons dit : *l'épine dorsale ;* après avoir rappelé aux élèves que l'avenir est le jardin où se parent de fruits toutes les branches du progrès, on ne manquera pas de leur inculquer quelques notions sur les vertèbres, la moelle épinière, les côtes, enfin, que soulève le jeu des poumons. Un exercice respiratoire de quelques minutes terminera la leçon, et, pendant le repos nécessaire, le professeur pourra, devant son auditoire, faire périr trois ou quatre oiseaux en les privant d'oxygène.

— Quelle horreur ! fit Mme Baramel. Peut-on tuer des oiseaux !

— Oui, Madame, répondit M. Cabrère, quand il s'agit de servir le progrès. La vie des moineaux se trouve, d'ailleurs et de cette façon, particulièrement et durablement honorée, si, supprimée, elle devient en quelque sorte un fragment du triomphe de la science...

Méfiez-vous, mon cher Cabrère, dit M. Baramel; certains pourraient vous croire, encore que votre charabia...

Ai-je donc l'air d'une sotte? s'écria Mme Baramel. Je sais très bien ce que pense M. Cabrère.

On servait les truites couleur d'or et d'argent bruni, pointillées de rose et sur une verte litière de persil frit.

...Mais il est d'autres dieux que celui de Victor Hugo, déclara M. Decalandre; il n'est pas malséant que nous demeurions aussi neutres à leur égard.

Les dieux s'en vont, plus que des hures

disait Jules Laforgue, et Jean Pellerin :

Les dieux s'en vont, s'en vont au trot.

Ne les rappelons pas. Peut-être, M. Labranère, s'ils revenaient, ne serait-il plus jamais élu malgré la cohorte de ses chasseurs au gluau! Les immortels ne sont point, d'ailleurs, si endormis qu'un vers ne les puisse réveiller. D'un jeune esprit au paganisme, un simple mot peut servir d'isthme... Hugo écrivait :

Un satyre habitait l'Olympe, retiré
Dans le grand bois sauvage au pied du mont sacré...

L'Olympe ! Craignons d'évoquer cette montagne divine, et chantons :

Un satyre habitait Montrouge, retiré...

A ce propos, courte leçon sur la division de Paris en arrondissements et sur l'application, en province, de la loi de 1884.

Victor Hugo écrivait encore :

Derrière Jupiter rayonnait Cupidon,
L'enfant cruel, sans pleurs, sans remords, sans pardon.

Ecrivons :

Derrière le Sénat régnait le Luxembourg,
Beau parc où l'on n'entend ni clairon ni tambour...

— Neutralité ! s'écria M. Cabrère. Mais la faut-il garder seulement en face des Olympiens ? Quelle vue étroite ! Il convient d'en user aussi à l'égard des sentiments et passions qui sont la perte de l'homme.

...et sa joie, souffla Mme Baramel.

— On fera réciter aux enfants les vers fameux de Paul Verlaine, mais heureusement modifiés et comme vous allez entendre :

Voici des fleurs, des fruits, des feuilles et des branches,
Et voici mon tambour qui ne bat que pour vous ;
Ne le repoussez pas avec vos deux mains blanches,
Mais que son roulement à votre cœur soit doux.

— Ce texte, pourtant, interrompit M. Decalandre, est encore fort propre à violer la liberté de la pensée.

Je m'explique, et l'on en peut dire autant de tous les textes : le fait que certains mots, par mes soins, sonnent à vos oreilles vous empêche de songer à tous les autres mots et, par conséquent, vous interdit, si du moins vous m'écoutez, d'évoquer toutes les autres pensées qui eussent pu, au même instant, se mouvoir et régner dans votre esprit. Si je vous dis : *chat, lapin, conscience*, vous ne pouvez penser *pommier, quincaillerie*, ni *arbalète*. Or, le principe même de la liberté de penser est que je puisse, quand il me plaît, penser à une arbalète ou à tout autre objet dont l'image se trouverait en possession de faire mes délices. Que je vous dise donc : *lapin*, c'est de la tyrannie. Pour que l'enseignement fût véritablement neutre, il faudrait, en conséquence, que le professeur ne parlât jamais. On pourrait, dès lors, supprimer les écoles et les livres et ce serait une fort grande économie.

Mais ne nous arrêtons pas à la contemplation de tels paysages où la sagesse ne saurait se plaire. On nous donnera cependant licence de déclarer qu'il n'est pas malséant d'inciter les enfants au respect de leurs maîtres neutres ; on leur montrera, si vous m'en croyez, et supprimant toujours Dieu, que Caïn, au terme de sa vie, était encore assiégé de remords pour ce qu'en son jeune âge, il avait aussi bien mérité que reçu une sévère réprimande de M. l'Inspecteur d'Académie :

Lorsque avec ses enfants vêtus de peaux de bêtes,
Echevelé, livide, au milieu des tempêtes,
Caïn se fut enfui de devant l'Inspecteur,
Lassé, mais de sa faute étant le colporteur,
Sans que nul le voulût ni pût sortir de peine,
Il arriva, lugubre, en une vaste plaine...

Nous ne corrigerons rien, je pense, dans la suite du célèbre poème où l'œil de l'Inspecteur, de vers en vers, sèmera l'épouvante, sinon l'alexandrin :

Sur la porte on grava : « Défense à Dieu d'entrer... »

qui, évidemment, deviendra :

Sur la porte on grava : « Défense à l'œil d'entrer. »

En règle générale, on pourra remplacer, afin de n'avoir pas à refaire les vers, le mot *Dieu* par le mot *Vieux*, qui exprime notre avis sur certains dogmes périmés, ou encore, par le mot *Mieux*, qui traduit notre équitable et sincère opinion sur nos propres doctrines.

Mais ne voilà-t-il pas que je parle comme une autre bacchante ! Et la raison me dit qu'il serait salutaire que, rompant ce discours, je songeasse à me taire. Pourtant, je voudrais dire encore qu'à un poète qui incline ses Muses aux louanges de la politique — et vous m'entendez — je préfère un poète même qui fait le fol ; et je donnerais toutes les odes pompeuses, intéressées et ridicules de tous les Carnibolles pour ce vers de Germain Nouveau qui du moins me réjouit :

Vous cachez vos sourcils, ces moustaches des yeux...

Que ne suis-je une belle et tendre jeune femme ! Et s'il m'arrivait alors de gémir après l'amour d'un homme cruel à la moustache dédaigneuse, je ne manquerais pas, suivant ce style, de lui dire :

Pourquoi ! tigre cabré qu'aucun sanglot ne touche,
Pourquoi vers moi versant des regards inhumains,
Frises-tu le sourcil de cet œil qu'est ta bouche
Avec les orteils de tes mains?

— Vous ne serez jamais sérieux, Monsieur Decalandre, dit Mme Baramel, cependant que l'on servait le gigot d'agneau. Et puisque nous parlions, tout à l'heure, de liberté, puis-je vous dire qu'il ne m'entre guère dans l'esprit que les poètes, qu'on imagine libres comme des papillons, s'asservissent à rimer ?

— Eh ! Madame, je ne sais point si les poètes sont des papillons ni si les papillons sont libres.

— C'est une figure, s'il vous plaît. Mais quand, à la fin de votre premier vers, vous avez dit : *qu'aucun sanglot ne touche*, j'ai tout de suite pensé à votre esclavage. J'ai songé : quoi que ce soit que M. Decalandre nous veuille dire, nous l'entendrons, dans un instant, proférer : *ouche*. Il nous parlera, et sans qu'il en ait nulle envie, peut-être d'une *mouche*, d'une *souche*, d'une *louche*, d'une *bouche* ; il prétendra qu'il *louche* ou qu'il se *mouche*, ou bien il nous confiera qu'il *s'effarouche* et, s'il le faut même, qu'il *accouche*. *Ouche ! Ouche ! Ouche !* vous dis-je. Trouvez-vous que cela soit raisonnable ? J'entends bien qu'en votre quatrain, qui est burlesque, ce n'est point une catastrophe ; mais dans la poésie qu'on nomme sérieuse !... Comment imaginer un homme grave et qui deux fois dit : *ouche ?* Lorsque d'une voix douloureuse, Hugo commence :

Maintenant que Paris, ses pavés et ses marbres...

je ne comprends pas que ce père, plein de tristesse, ait déjà planté, pour nous plaire, au bout d'un prochain vers, un bouquet d'arbres...

— ... et coupé pour rimer, les cèdres du Liban,

murmura M. Cabrère.

— ...car, dans la poésie, les marbres appellent, réclament, exigent les arbres, comme les marbres s'effondrent si les arbres n'apparaissent point. C'est une ridicule folie et je vous demanderai pourquoi, du moins, les poètes ne manquent jamais de répéter le son qui a jailli au terme du vers et qui est précisément celui que l'on a le mieux entendu? Folie, vous dis-je, et ridicule. *Arbre, marbre, ouche, ouche!...*

— J'entends bien, répondit M. Decalandre, et il vous paraîtrait plus raisonnable que l'on répétât plutôt l'une des syllabes dont le son n'a que médiocrement frappé l'oreille. Il est vrai que l'on insisterait alors sur le bruit d'un mot dont l'importance serait moindre... Je me rappelle...

— Mille excuses, interrompit Mme Baramel mais pourquoi M. Cabrère a-t-il parlé, tout à l'heure, de couper les cèdres du Liban ? Je rêve là-dessus depuis une minute et ne me souviens point qu'il y ait des arbres de cette sorte au poème de Victor Hugo dont nous dissertions. Peut-être qu'aux *Orientales*...

Ne vous moquez point de nous, répondit M. Cabrère, ou bien, si votre front est sérieux, je penserai que vous n'avez point entendu Boileau, quand il se voulait garder que ses ennemis le pussent accuser d'avoir

Sur les bords de *l'Euphrate* abattu le turban,
Et coupé, pour rimer, *les cèdres du Liban.*

Mais ce *turban* et ce *Liban*, ne les connaissiez-vous avant d'avoir ouvert la première *Épître?* Je tiens pour assuré que vous aviez déjà pratiqué Théophile, lequel, entretenant une dame de certains rimeurs, lui confiait :

Ils travaillent un mois à chercher comme à fils
Pourra s'apparier la rime de Memphis ;
Ce Liban, ce turban et ces rivières mornes
Ont souvent de la peine à retrouver leurs bornes..

Liban, turban, fils, Memphis, vous avez reconnu la strophe fameuse de Malherbe :

Oh ! combien lors aura de veuves
La gent qui porte le turban !

Que de sang rougira les fleuves
Qui lavent les pieds du Liban!
Que le Bosphore en ses deux rives
Aura de Sultanes captives!
Et que de mères à Memphis,
En pleurant diront la vaillance
De son courage et de sa lance,
Aux funérailles de leurs fils!

Nous y voilà bien, Madame. Mais ce discours de l'an 1600 et qu'il adressait à Marie de Médicis, saviez-vous que Malherbe l'avait repris, à la fin de l'année 1659, après les conférences qui se tinrent en la Bidassoa, et pour en faire hommage à l'Infante?

— J'incline à penser, dit M. Lardimentière, que Malherbe ne chantait plus en ce temps-là...

— Erreur, beau sire, et veuillez l'écouter :

Je promis à Louis-le-Juste
Mille fameux événements,
Qui vont être les ornements
De ta gloire immortelle et de ton règne auguste.
Le Nil témoin de tes efforts,
Ne sortira plus de ses bords,
De crainte de sentir les traits de ta colère;
C'est toi qui dois forcer les remparts de Memphis,
Et ce que j'espérais de la valeur du Père,
Le Destin le réserve à la valeur du Fils.

— *Memphis, fils,* murmura Mme Baramel ; et, comme M. Lardimentière souriait :

— Il doit y avoir, dit-elle, du miracle là-dedans.

— Disons plutôt qu'il y a du Cassagne...

— Et l'on est plus au large assis en ce festin, fredonna M. Decalandre.

— ... car c'est l'Abbé Cassagne qui construisit cette ode, dont je ne vous ai dévoilé qu'un fragment. Mais l'admirable est qu'en ce poème il ait entrepris de faire parler Malherbe, et comme vous venez d'entendre. Il y fallait quelque audace. Et pensez-vous qu'il tremble et jette autour de soi des regards inquiets et qu'il craigne la raillerie quand son Malherbe vient de dérouler une guirlande de strophes ? Point du tout ! Il a fini son *à la manière de...* comme on parle en nos temps, et, reprenant aussitôt sa trompette, il souffle, — et c'est pour que retentisse sa propre louange :

Malherbe, ce divin génie,
Par ces mots termina le cours
De son héroïque discours,
Dont mes sens étonnés admirent l'harmonie...

— Dont mes sens étonnés admirent l'harmonie, reprit Mme Baramel. Avouez que les poètes, s'ils ne sont fols, ne sont que des sots.

— Je n'ai point qualité pour répondre en leur nom, déclara M. Lardimentière. Mais revenons à nos moutons.

— Il est vrai, dit M. Decalandre, que nous nous sommes égarés ; et nous en étions venus, Madame, et pour vous suivre, il y a quelques instants, au point de considérer que la rime, on la pourrait, peut-être, faire sonner sur un mot d'importance médiocre, afin de ne rappeler pas précisément le terme que l'on avait fort bien entendu... Je me souviens que, le mois dernier, tandis que nous regardions l'averse qui battait au jardin les feuilles des marronniers, un escargot se prit à glisser doucement, toutes cornes dehors, sur le balcon mouillé. Mon vieil ami, M. Urbain Lalouette, ne se put empêcher de murmurer aussitôt le vers de Jacques Delille :

> Le ciel d'un télescope arme le limaçon.

Nous savons bien qu'un limaçon n'est pas un escargot. Mais il n'importe guère, en l'aventure, et M. Cabrère, qui est ici, prononça ces paroles ailées :

— C'est de deux télescopes que cet animal est pourvu, et il conviendrait de dire, sans doute :

Le destin, qui, déjà, lui donne une maison,
D'un double télescope arme le limaçon.

— Cette rime est peu riche, répartit M. Lalouette, et il ne fallait pas vous mettre en peine de composer ce distique, s'il est vrai que notre Delille a pris, en une autre des pages qu'il nous a laissées, le soin d'enclore en quatre vers que je vais dire, cette pensée qui vous paraît heureuse :

Ce reptile gluant qui traîne sa maison,
Qu'avilit l'ignorant, qu'admire la raison,
Et dont le double étui par degrés développe
Ou renferme à son gré, son double télescope...

Il ne vous échappera point, Madame, poursuivit M. Decalandre, qu'aux derniers de ces alexandrins sonne une assonance intérieure — *degrés* et *gré* — une rime diraient certains, et vous songerez au *Petit Traité de Versification* de MM. Jules Romains et G. Chennevière, où il nous est donné de lire, touchant *l'avance de la rime : L'avance est double lorsque la rime est avancée d'une ou plusieurs syllabes dans chacun des deux vers.* Et ils donnent en exemple :

> Le temps sommeille au fond de l'être,
> Et les instants montent en bulle.

... *Dans l'ensemble que nous venons de citer, ajoutent-ils, on dira qu'il y a rime masculine avancée de six au premier vers et de quatre au second.*

Vous êtes donc heureuse, Madame. Ces Messieurs ne disent point : *être, être,* ni : *bulle, bulle,* ni : *ouche, ouche*; ils disent seulement : *être, bulle* et on les entend à peine qui, comme à la dérobée, disent *temps — tants.* Ainsi, du haut de leur chaire, et pour votre bonheur, ces deux professeurs laissent tomber les paroles de la vérité. Mais était-il besoin de vouloir réformer la poésie française pour nous inviter à jouer des musiques que l'Abbé Delille avait déjà propagées? Il est vrai que ce poète ingénieux et qui, malgré sa médiocrité me paraît plus robuste que la plupart des poètes de ce temps, Delille, dis-je, ne se contentait point de piquer des rimes à l'intérieur ; il en disposait, en outre, à l'extrémité de ses vers et vous penserez, sans doute, quelles que soient vos colères, et comme je fais, que *développe* et *télescope* sont à l'ouïe plus agréables que *bulle* et *l'être*. On pourrait d'ailleurs, selon cette méthode nouvelle, avancer si bien la rime qu'on en viendrait à composer des vers dont la rime fût au mauvais bout, qui est le premier. En voulez-vous deux exemples et que je vous veux offrir à l'impourvu :

RI...mons du mauvais bout :
RI...ra qui l'entendra...

AV...alons la moutarde,
AV...ec enchantement.

Voilà donc comme il n'est point défendu de répéter, et selon votre vœu, Madame, une syllabe qui n'est pas celle que l'on avait le mieux entendue ; et l'on peut aussi mettre la charrue avant les bœufs, se coiffer d'une pantoufle, tirer des œufs d'une jument, couper les cornes aux baleines, peser l'air avec une horloge et lire l'heure au baromètre.

— Vous n'êtes point sérieux, dit Mme Baramel en souriant aigrement, mais je ne vous ai point tant parlé de déplacer la rime que de la rime elle-même. *Ouche, ouche*!... Une ridicule folie!

— Ah! Madame, pensez-vous que Ronsard, La Fontaine, Corneille, Molière, Racine et quelques autres aient été des imbéciles et pensez-vous qu'ils n'en savaient pas plus en leur art que nous n'en saurons jamais? S'il est quelqu'un parmi nous qui s'estime plus docte aux vers que La Fontaine, qu'il se lève hardiment et nous nous unirons tous pour le jeter par la fenêtre, afin qu'il tombe dans la glycine et les lampions pendus aux branches de ce Quatorze Juillet, et ce sera le châtiment de son orgueil. Comment donc en pouvez-vous venir, Madame, à railler la rime, si ces poètes en ont usé?

— Comme je raille les diligences, quand je monte dans mon auto. Ces Messieurs usaient de carrosses et ne voyageaient que derrière des croupes. Faut-il donc que, de siècle en siècle, on ne voyage plus qu'en carrosse, pour la raison que ces poètes avaient du génie?

— Eh! Madame, je reconnais que l'on a inventé les voitures automues. Mais en est-il de même aux pelouses des Muses et qu'y a-t-on inventé ? Parlez; l'on vous écoute... Vous ne dites mot. On a seulement inventé de détruire. C'est tout de même que si, aux beaux chemins ombragés de votre Parnasse, on avait entrepris de rompre les roues des carrioles. Mais où est notre inventeur d'auto ? C'est parce qu'il n'est point venu que les diligences continuent à rouler. *On ne détruit que ce qu'on remplace.* M. Charles Maurras l'a dit, et fort bien dit. Décréter : *nous ne rimerons plus*, c'est facile ; le dernier des bouviers peut signer l'ordonnance. Mais par quoi remplacerons-nous la rime ?

— Mais par rien du tout ! s'écria Mme Baramel.

— Vous voulez donc que l'on supprime les vers, s'il est vrai que la rime soit leur élément essentiel ? Elle n'en est point, certes, le seul, mais le seul *essentiel*, j'y insiste, car toutes les autres richesses qu'il leur est donné de contenir, on les peut également trouver en la prose, et il est permis de penser que, des rythmes d'un Bossuet ou d'un Châteaubriand aux rythmes d'un Corneille ou d'un Baudelaire, il n'y a pas de différence radicale. Sainte-Beuve l'avait bien senti, qui chantait :

Rime, qui donne leurs sons
Aux chansons,
Rime, l'unique harmonie
Du vers, qui, sans tes accents
Frémissants
Serait muet au génie...

On l'a voulu railler, lui prêter l'opinion qu'il n'y avait dans les vers que l'accord de la rime, et qu'un dictionnaire de rimes constituait le plus beau poème du monde, et que les beautés de la pensée, les puissances du rythme étaient choses négligeables. Non ! Sainte-Beuve était bien trop habile au métier de poète pour soutenir une telle hérésie. Il voulait dire seulement, et fort justement, que le propre du vers c'est la rime, comme le propre de l'oiseau, c'est d'avoir des plumes, et non pas d'être pourvu d'yeux, de muscles et d'une peau, car les lièvres aussi ont des yeux, les chats aussi ont des muscles, les chiens aussi ont une peau, mais seuls les oiseaux ont des plumes et seuls les vers ont des rimes.

Ce qu'est la rime, je ne vous le dirai pas et pour la seule raison qu'on imprime à mesure que je parle et que je ne veux point, en ce temps où l'encre et le papier ne s'achètent qu'au moyen de charrettes d'or, ruiner mon éditeur. Nous traiterons de cette affaire, un autre jour. Mais je puis bien dire que l'art des poètes, qui doit ignorer les licences, est de parler la langue commune, d'en respecter les mots et les tours, mais d'en user de telle sorte qu'elle se prenne à chanter. C'est là le miracle :

Beaux vers françois, avec les mots de tous les jours,

murmurait Clymène. Il faut que ce chant soit parfait, et c'est à dire que tout en nous s'en doit trouver charmé. Il faut rimer...

— Pourquoi rimer?...

— Pour n'écrire point en prose. Eh! je sais bien que vous m'allez citer le vers fameux :

La rime gêne plus qu'elle n'orne les vers,

et vous n'ignorez point que cet alexandrin sinueux et nonchalant s'est rencontré dans la prose de Fénélon, en cette lettre qu'il écrivait à Houdar de la Motte ou à Lamotte-Houdar — car il n'importe guère... — le 26 Janvier 1714. Mais je dirai encore de la rime qu'elle est une volupté de l'oreille, et cette seule qualité ne lui donnerait-elle pas un large droit, comme on parle, à l'existence, s'il est vrai qu'il soit souverainement sot de dédaigner un plaisir, surtout s'il est, comme celui-là, dénué de toute malice?

Mais la rime est, en outre, une volupté de l'intelligence. Ne nous montre-t-elle pas chez le poète, j'entends le vrai poète, un homme qui, chantant sa joie ou sa tristesse, son triomphe ou ses désolations, garde assez de vigueur et d'empire sur soi pour dominer, en quelque manière, les sentiments qui le soulèvent ou qui l'écrasent, de telle sorte que son langage, au milieu même des remous de la passion, reconnaisse une discipline, se ploie sous une règle ou, plutôt, et librement, JOUE D'UNE RÈGLE, qui est comme le symbole de la sérénité au-dessus des orages du cœur. Ainsi, le poète, loin d'être la proie de ses tumultes intérieurs, loin d'être une épave qu'agitent les tempêtes et leur désordre, se redresse et, riche de ses douleurs et de ses voluptés, en manie le souvenir, le dirige, le canalise, pour l'exprimer dans toute sa force et dans toute sa beauté. La rime est une marque, et la principale, de cette maîtrise de soi ; — mais j'entends bien d'ailleurs qu'un mortel puisse faire rimer *amour* et *jour*, *maîtresse* et *détresse*, sans être, pour ce seul exploit, digne du moindre laurier.

Il faut donc, à peine de n'écrire plus en vers, rimer pour l'oreille ; il faut rimer pour l'œil ; je voudrais que l'on rimât pour le nez, pour la bouche et pour les mains, s'il était possible. Ne me parlez donc point d'accoupler les singuliers et les pluriels. Si vous liez à la rime *attente* et *tentent*, ou *pentes* et *serpentent*, vous rimez bien pour mon oreille, mais vous rimez contre mon œil : l'enchantement est brisé. Et que m'offrez-vous en échange?

Plutôt que d'encourager ces négligences, appliquez quelque méthode neuve ou peu connue. Unissez *amer* et *dormir*, ou *rose* et *grise ;* faites ainsi varier la voyelle en maintenant les consonnes, c'est la *contre-assonance* et dites :

Nous attendions des héroïnes
Qui dormissent sous des troènes !

Vous ne donnerez pas dans la licence, puisque vous suivrez une *règle*. Il n'est pas défendu de découvrir des règles nouvelles ni d'en user, si l'expérience les montre heureuses ; mais il est puéril, autant qu'il est aisé, de démolir les vieux et bons murs quand on n'est pas architecte.

Ah! poursuivit M. Decalandre, quand je publiai, aux pages de *Comœdia*, une manière de manifeste en faveur de la contre-assonance, je reçus un grand nombre de lettres et dont les phrases s'enguirlandaient de plus d'orties que de palmes. Je reprenais *l'Air de Biniou* de Jules Laforgue :

Non, non, ma pauvre cornemuse,
Ta complainte est pas si oiseuse,
Et tout est bien une méprise,
Et l'on peut la trouver mauvaise.

Vous entendez bien, Madame, ce n'est plus *ouche, ouche;* ce serait *ouche, uche, iche, oche èche, ache,* comme ici : *use, euse, ise, aise.* Et il y avait mon jeune et charmant aîné, le poète Franc-Nohain qui, vingt ans auparavant, s'était plu à chanter :

Digne et grave comme un pape
Le marin espagnol Pepe
Regarde, en fumant sa pipe,
Après déjeuner, le pope
Qui titube sur la poupe.

« J'appelais, avait-il écrit, cette sorte d'enrichissement, que je prétendais apporter à la versification française, des *Rimes Babebines* : car c'était proprement assembler et faire rimer ensemble *Ba, Be, Bi, Bo, Bu*... »

L'épithète *babebine* est fort spirituelle, lui répondais-je, mais qui m'empêcherait d'appeler les rimes de Corneille, quand elles sont en *o* des rimes *bobones* — car c'est faire rimer *Bo, Bo* et celles de Racine, quand elles sont en *i*, des rimes *bibines* — car c'est faire rimer *Bi, Bi?* Pourquoi la contre-assonance ne pourrait-elle accompagner un chant grave ? Contient-elle donc un germe essentiellement comique? On ne le voit guère, lorsque Fagus chante à propos d'un être aimé :

C'est le voir dans soi et dans lui se voir,
C'est ne voir que lui dans tout l'Univers;

lorsque Rimbaud écrit :

Pas de place : des coffrets et des huches!
Dehors le mur est plein d'aristoloches.

Et le poète Fagus, qui, sous un noir chapeau, promène en nos siècles le visage de François

Ier, m'apportait un soir les *Chauves-Souris* de Robert de Montesquiou, les ouvrait au poème *Philomèle*, toute musique au rossignol nocturne, et, d'un pouce éloquent, m'en désignait la strophe finale :

O dentirostres,
Chantez, ô sistres
Des nuits silvestres,
Au clair des lustres
Que sont les astres.

Pourtant, nous essayions de contre-assonancer Francis Carco se prenait à gémir :

La glycine est morte, le mur
S'est écroulé dans la broussaille
Et toi, mon cher et tendre amour,
Voici que tu te réveilles.

Jean Pellerin me raillait :

Souvenir! En ces temps où les prés sont fauchés
Les escargots cabrés que l'on a chevauchés
Curent la pipe du poète avec leurs cornes.
La lune rose et jaune, immobile aux lucarnes,
Verse sur ton sein blanc comme une abricotine.
Veux-tu que je te lise un volume de Taine
Ou bien, puisque tu mets, sur le bord d'un plat, ton
Doigt, tu vas avaler le *Banquet* de Platon.

Puis, Charles Bauby chantait en ses chansons de *La Bonne Ville de Paris* :

A la rue-du-Chat-qui-Pêche,
Ouvrant sur Seine et sur quai
Son passage étroit et louche,
— Sur le quai de rive gauche —
Va chercher la gloire, ô gué !

La contre-assonance ne serait-elle pas comme la rime, laquelle est grave ou gaie suivant le poète qui l'emploie, suivant le poème où elle fleurit ; et les mêmes rimes ne sonneraient-elles pas joyeusement aux *Plaideurs* et mélancoliques dans *Bérénice*? Ni tristes, ni gaies, mais tel poète, appuyant ses rythmes sur elles, fera verser des larmes et tel autre fera rire les honnêtes gens ;

Ainsi le même objet, le même
Verre de lampe, ou tout autre qui soit,
Peut traîner après soi
L'effroi,
Ou de sécurité apparaître un emblème.
Tu trémis à l'entendre, et ta frayeur extrême
S'apaise dès que tu le vois.
Tout est dans le mode d'emploi.

Et n'est-ce point M. Franc-Nohain qui

fredonne de la sorte et qui voulait défendre à la contre-assonance de chausser le cothurne, si je puis dire, ou de nouer à ses cheveux les voiles de l'élégie ? Mais entendez Philippe Chabaneix, qui serait le chérubin de la troupe, si Jacques Delmond n'avait point été admis à la table des Muses :

Ce village apparu dans l'océan du blé,
Ile de granit rouge, escale tendre et chère,
Tes longs cheveux, ce linge à tes pieds écroulé,
La mer, bleu taffetas qu'une voile déchire,
Un pigeon gris posé, Clorinde, sur le toit
De la maison des champs où l'amour t'a surprise,
Cette vague battant les rochers noirs, et toi
Dont sous mes dents la bouche a des fraîcheurs de rose...

Et n'entendions-nous pas, l'autre juillet, M. Louis Le Cardonnel, comme il chantait, suivant un rythme neuvain ;

Avec son front blanc qui se renverse...

— Il va y avoir une *herse*, un enfant qu'on *berce*, ou toutes les roses de la *Perse*, interrompit Mme Baramel.

— Mais non, dit M. Decalandre, et je reprends :

Avec son front blanc qui se renverse
Au dessus des fronts de tes aînés,
Tu brandis ta strophe comme un thyrse...

— Je n'attendais pas ce thyrse, en effet, dit Mme Baramel, et j'entends fort bien que, par ce moyen, vous élargissez la liberté du poète.

— Et il est encore d'autres méthodes ou d'autres artifices, s'il vous plaît mieux. Vous pensez, un dictionnaire de rimes à la main, que le nombre de rimes est limité. Quelle erreur! Recensez donc tous les mots qui, au terme d'un vers, se puissent accoupler à *déjà* ou à *parti* et maintenant écoutez Antoine Fobe, qui mène aux environs de Gand le troupeau de ses rythmes et de ses images :

Petite, vous ne saurez ja-
Mais si je pleure votre absence...

Et l'ardent appel des iti-
Néraires où pleuvent les roses...

— Eh! eh! fit M. Laverdurette, voilà bien une hardiesse de tous les diables et qui ne s'était jamais rencontrée.

— Bah! il n'est rien de nouveau sous le soleil, déclara M. Cabrère, et non pas même de le remarquer. Mais n'oubliez point que Charles-Théophile Féret dédiait à *la Barque de cuir*, l'un de ses livres, une épître, dont je veux détacher un quatrain :

Voire si les Métèques
Ont brûlé les bibli-
Othèques
Ne sois point aboli.

— Et je me souviens qu'il y a deux années, interrompit M. Decalandre, comme j'avais dit, en l'*Eclair*, quelque bien de Vincent Muselli, je reçus de lui ce pneumatique :

Ainsi, mon Decalandre, ainsi
Malgré mon incroyable si-
Lence,
Amitié garde sa vertu
Et pour ma gloire, l'*Eclair* tu
Lance.

Mais ne pourrait-on point, hola !
D'un rendez-vous atteindre la
Cible ?
Méprisant l'indigne repos
Convoque-moi le plus tôt pos-
Sible.

Connaissiez-vous cette rime en *si* et cette rime en *pos?* Et j'avoue, pour ma part, poursuivit notre vieil ami en caressant d'un air satisfait sa barbe blanche — car les poètes, mais non point tous, ne sont pas dénués d'une certaine fatuité et contentement de leurs ouvrages, tout de même que les dames se rencontrent, à l'accoutumée, fort heureuses des chapeaux et des robes qu'elles ont choisis — j'avoue, murmura-t-il qu'il ne me déplairait point, en la fournaise d'un juillet, qu'on écrivît :

Genêts, lac, fusion bouillonnante, métal
Jaune et vert, or et cuivre, où plongent les abeilles,
Et torride bourdonnement sous les catal-
Pas rouges, qu'un soleil crève de rudes pailles...

— Pourquoi, dit M. Lalouette, ne diriez-vous pas aussi :

Diane, à qui plaisent les hurle-
Ments des tigres dans les liens,
Et les Nymphes t'entouraient sur le
Boulevard des Italiens...

Et Pindare déjà...

— Vous avez lu Banville, et je ne remonterai pas jusqu'en la Grèce, répondit M. Decalandre, mais vous me permettrez de feuilleter mon Horace pour y retrouver au livre deuxième, la seizième ode qui est dédiée à Grosphus :

Grosphe, non gemmis neque purpura ve-
Nale, neque auro...

C'est comme si, brodant, nous disions en français :

Ce beau loisir où ma jeunesse roucoula,
Rendez-le et puissions-nous méditer et chanter;
La pourpre, les brillants, ni l'or ne peuvent l'a-
Cheter.

Et je ne saurais vous confier comme il me plaît de voir qu'il est, en ce temps, des poètes, qu'ils soient légers ou qu'ils soient graves, et qui encore usent du tour qu'avait élu le chanteur de Cynocéphales, ni combien je me réjouis quand, à la fin du vers, ils coupent leur mot, sur les rives de l'Escaut ou de la Seine, comme un autre déjà les rompait au bord du Tibre. Car il y a bien de la joie dans mon cœur à démêler que nous sommes les fils des temps anciens et que notre poésie est pareille à la poésie des vieux siècles, comme les branches au sommet du cerisier sont pareilles aux rameaux plus robustes et plus proches du sol et jaillis du même tronc — et de la même vieille terre toujours jeune.

— Il ne faudrait point, en vos mots coupés, dit M. Cabrère, oublier P.-J. Toulet. — J'ai lu aux *Contrerimes* :

— Agnès, pleurer? dit Charle. Oui, quand à Marly
mouille-
Ra la pluie. Il faudrait...
— Boire! dit la Trémoille.

... Ni Paul Verlaine, lorsque, dans sa *chanson à boire* et suivant cette méthode, il virilise un adjectif :

Je vole à la gare du Nord,
Mais j'y pense : or, voici que l'ord —
E misère est là qui me mord...

— Et j'en oublie, bien d'autres, que je sais, si je puis dire. Mais faisons-nous un catalogue ?...

Pourtant Mme Baramel ne voulait point ranger son caprice sous les guidons de la rime. — C'est vieille chose, disait-elle, et qui a fait son temps.

A ce moment et comme on emplissait les tasses de café, M. Théodore Decalandre poussa un cri, jeta sa pipe sur la nappe et, de ses deux mains, pressa, roula, écrasa sa longue barbe blanche où s'était suspendue une allumette enflammée. Il maîtrisa, comme on parle, cet incendie plus singulier que terrible et, souriant, se prit à dire en un murmure et tel Verlaine à Raoul Ponchon :

> La barbe est une erreur de ces temps-ci
> Que nous voulons bien partager aussi ·

et, comme on apportait la vieille bouteille d'Armagnac :

— Êtes-vous heureuse, Madame, fit-il, et ce brasier n'a-t-il pas satisfait votre goût impérieux et bizarre des surprises? *Il vous faut du nouveau, n'en fût-il plus au monde;* et, tout de même qu'un Jupiter maladroit, qui, au terme d'un festin et trop de nectar bu, eût lancé son tonnerre de biais et par-dessus son menton, je vous ai, sans le vouloir, certes, et je l'avoue, donné le spectacle d'une barbe en feu, Tonnerre et Jupiter; comparaison qu'on me permette ... Ma foudre n'est qu'une allumette. Mais, en toute heure et dans tous les décors, vous n'aspirez qu'après des visions imprévues, comme après des paroles inouïes, fussent-elles futiles, et chérissez enfin une littérature qui, folle, sous le prétexte d'être radicalement neuve, ne se trouve plus en possession de verser aucun de ces enchantements à quoi l'esprit des hommes se puisse avec bonheur abandonner. Car la nouveauté... Vous savez bien que seules nos passions nous intéressent, et elles sont vieilles comme le monde, et c'est d'elles, en quelque manière, que nous sommes nés.

La rime vous déplaît pour ce qu'elle est vieille. L'air est plus vieux encore ; et songez-vous pourtant à ne plus respirer? Mais vos raisonnements ne s'appuient, à la vérité, que sur le désir d'étonner, comme sur une molle paresse. Ce serait si commode de faire des vers sans rime, comme des tables sans pieds et des parapluies sans manche. Mais, à votre indolence, je veux donner quelque satisfaction et vous tiendrez du moins de mes soins un petit art de rimer quand vous manquerez de rimes.

Je me rappelle qu'un jour le jeune Lamounette offrit un quintil à ma nièce Adrienne, qui était sa fiancée, et qui portait, en ce temps-là, un ample manteau de loutre et fort agréable.

— Trop divine, lui disait Philippe Lamounette,

> Trop divine en ces flots de loutre,
> Charmant l'azur et la maison,
> On vous voudrait chanter, mais on
> Perd sous vos charmes la raison
> Et ne trouve la rime, en outre.

Encore que ce poème fût médiocre, Adrienne eût dû en être touchée, car il était tout fleuri de l'hommage et de l'aveu du doux égarement qu'au cœur des jeunes gens la beauté insinue. *Divine* est admirable, pensais-je, et marque un infini transport; mais *trop divine* indique je ne sais quel excès dans la perfection, si je puis dire, de l'objet élu, et atteste chez le madrigalier une bien poétique ivresse. Ne voyez, Adrienne, dans la poésie de Philippe que les sentiments qu'elle veut exprimer et qui sont comme un tapis sous vos pieds; ne critiquez donc point cet ouvrage et ne considérez en lui qu'un tribut qui est le signe de votre règne. Qu'on vous offre une rose d'or ou une rose de rosier, n'est-ce point tout de même, et n'oubliez pas que Sinchi Roca, fils de Manco Capac, et qui régnait au Pérou, ne considérait point tant la valeur des impôts qu'il levait que la preuve qu'il trouvait en eux de l'obéissance et fidélité de ses peuples : « *Il exigeait avec tant de rigueur que chacun lui payât un tribut, qu'ayant soumis les Rivos, nation excessivement pauvre, il exigea que chacun, n'ayant pas autre chose à donner, fournirait annuellement un tuyau de plume rempli de poux.* »

Je songeais de la sorte en considérant l'air mal satisfait de ma nièce. Mais, comme vous, soucieuse de nouveauté, Adrienne prétendit que Philippe était un plagiaire !...

— Pour rimer avec *loutre*, il vous manque une rime en *outre*, dit-elle ; je connais cette chanson, et n'ai pas oublié la ballade du duel :

> Il me manque une rime en outre
> Vous rompez plus blanc qu'amidon?
> C'est pour me fournir le mot pleutre...

Tac !...

Philippe, à ces mots, se défendit comme un diable, alléguant qu'on ne l'entendait point, qu'il avait seulement avoué, dans ses vers, qu'il perdait la raison et qu'*en outre*, il ne trouvait plus la rime, et que c'était le fin du fin, puisqu'au moment qu'il disait ces galanteries, son petit ouvrage était fort bien rimé et tout plein de sagesse, si la sagesse est d'être fol quand on contemple de beaux yeux.

Je voulus prendre part au débat :

— « Je parlerai, ma nièce, avec la liberté d'un oncle qui sait mal farder la vérité, et si j'étais aux lois coraniques soumis, je ne manquerais pas, ayant pillé Racine, de m'exprimer ensuite à peu près comme fit Orosmane, et vous m'entendriez dire : Je crois sur vos projets, sur vous, sur son amour, devoir en musulman vous parler sans détour... Il n'y a point de plagiat au quintil de Philippe ; mais c'est vous, Adrienne, qui nous rappelez un trait qui a déjà servi, et cela n'est point à dire qu'il ne demeure charmant. Il me manque une rime en *eutre*... Laurent Tailhade, ayant clos un vers par le nom du général de Boisdeffre, écrivait aussitôt :

Rostand demanderait une autre rime en effre,

et, comme Tailhade, peut-être, vous croyez, Adrienne, que c'est en *Cyrano* que cet artifice a d'abord paru. Mais les poètes ont souvent gémi en pensant au futur bout de leurs vers — *Enseigne-moi, Molière, où tu trouves la rime* — et vous connaissez le sonnet de Saint-Amant qui se termine ainsi, sans être terminé :

Mes esprits à cheval sur des coquecigrues
Ainsi que papillons s'envolent dans les nues
Y cherchant quelque fin qu'on ne puisse trouver.

Nargue : c'est trop rêver, c'est trop ronger ses ongles,
Si quelqu'un sait la rime, il peut bien l'achever.
. . . .

Ce dernier vers, qui ne fut jamais composé, on se pourra divertir à le construire, avec un *tu jongles*, avec les tigres des *jungles* ou avec un lion dévoré par ces *strongles* qui sont ennemis des carnassiers. C'est là que Saint-Amant eût pu, en douze syllabes, marquer son regret de n'avoir pas une rime en *ongles* :

Si quelqu'un sait la rime il peut bien l'achever
Car je n'ai dans ma tête aucune rime en *ongles*...

— Mais il ne l'a point fait, dit Adrienne,

en lançant un regard perfide à Philippe.

— Il est vrai. Et grimpant aux barreaux d'une échelle, j'atteignis un livre vers les sommets de ma bibliothèque et lus :

Nous achèterons des bijoux,
Nous boirons de l'aigre de cèdre...
Mais comment diable ferons-nous
Pour trouver une rime en *èdre?*

Ce texte est de Scarron, ajoutai-je, et je le trouve dans la *Foire Saint-Germain, en vers burlesques*, et songez que François Colletet a écrit dans le *Tracas de Paris* :

Ces pages et valets de piè
Dont pas un n'est estropiè,
Car il faut avoir bonnes jambes
(Je n'ai point de rimes en *ambes*)
Pour courir après le beau char...

Rappelez-vous encore la *Ballade* de Paul Verlaine, *en vue d'honorer les Parnassiens* :

C'étaient, après les Maîtres valeureux,
Ces pages fiers : Mendès en son enfance
Mais qui déjà portait des coups heureux,
— Ah ! lui ne l'eût oncques la rime en *vance*

Gêné du tout, voire celle en *revance ;*
Hérédia, fleur des patriciens...

Et vous connaissez, je n'en veux point douter, la strophe de Nerval :

Eh ! quoi ! si gai dès le matin,
Je foule d'un pied incertain
Le sentier où verdit ton pampre !...
Et je n'ai pas de Richelet
Pour finir ce docte couplet...
Et trouver une rime en *ampre.*

Je ne vous apprendrai rien non plus, je le pense, si je vous récite les vers de Corbière :

Il alla crier famine
Chez une blonde voisine,
La priant de lui prêter
Son petit nom pour rimer.
(C'était une rime en *elle*)
— Oh ! je vous paîrai, Marcelle...

Ne croyez point que ce soit méthode qui sommeille ! Georges Fourest (et qui ne s'endort pas aux bras de sa *Négresse Blonde*) nous dirait encore :

Mais à toi la langouste, ô Proust !
Pour trouver une rime en *roust*
J'irais bien jusqu'à Famagouste...

Il est pourtant à la lyre, et parmi les cordes, d'autres ficelles, lorsque les rimes sont rebelles et qu'on n'a pu saisir que l'une des colombes et qu'on ne lui voit point de compagne au vide de l'azur. Alors, on écrit tout simplement que le mot que l'on vient de tracer au terme du vers ne rime à rien ou qu'il ne rimerait que malaisément. Entendez Théophile Gautier :

La voiture fit halte à l'église d'Urrugne,
Nom rauque, dont le son à la rime répugne...

Et la muscade a glissé et je ne vous veux point rappeler l'histoire de Jérimadeth... On se pourrait encore, et non point, certes, devant l'impossible, mais avec je ne sais quelle nonchalance, abandonner à d'autres tours :

Et partons vers les pins où l'air tiède murmure.
(Qu'il serait laid d'écrire ici le mot *ramure*
Pour la rime !) Je viens. Ne gronde pas, je viens...

Ainsi, Adrienne, dis-je du haut de mon échelle, et tandis que je remettais les livres sur leur rayon, ne pensez pas qu'il y ait jamais rien de neuf aux Belles Lettres. Tout a été dit et l'on vient trop tard... Mais ne l'a-t-on déjà entendu ?

Et, comme je me retournais brusquement, je vis qu'Adrienne et Philippe s'embrassaient avec tendresse et paraissaient se soucier fort peu de mes commentaires et de l'art d'éluder le caprice des rimes. Comme ils ont raison, pensais-je, de ne me point écouter! Car la poésie, si elle chante, à l'ordinaire, l'amour, ne nous incite-t-elle pas à songer que l'amour, digne d'asservir les lyres, est plus digne encore d'enchanter le cœur des fiancés ?

— Mais vous avez omis, dit M. Baramel, en votre harangue, de réciter à ces jeunes gens, le rondeau de Vincent Voiture. Vous vous rappelez, quand, la plume à la main, il chasse la rime en *ème !*

Ma foi, c'est fait de moi : car Isabeau
M'a conjuré de lui faire un rondeau.
Cela me met en une peine extrême.
Quoi! treize vers, huit en *eau*, cinq en *ème*...

M. Decalandre leva son grand verre d'armagnac et le rayon de la lampe, qui traversait la liqueur, mettait à la barbe de notre ami une mèche dorée :

— La rime, fit-il...

— C'est chose bien aisée, interrompit M. Lardimentière, et, si j'avais à composer des vers, je ferais comme un autre, et, sans chercher si loin, j'aurais toujours des mots pour les coudre au besoin. Si je louais Philis *en miracles féconde*, je trouverais bientôt : *à nulle autre seconde ;* si je voulais vanter un objet *non pareil*, je mettrais à l'instant : *plus beau que le soleil ;* enfin...

— C'est très bien, dit M. Decalandre, mais nous avons déjà salué ces propos en quelque ouvrage... Et, souriant à Mme Baramel :

— Ne vous mettez donc plus en peine de la rime...

— Oh ! je n'ai jamais pu en attrapper une seule !...

— Eh ! qu'importe, si, sans aucune rime, on peut construire un quatrain comme celui-ci :

Que n'ai-je une rime en *ieux*,
Que n'ai-je une rime en *oiles*,
Pour chanter que vos beaux yeux
Sont plus doux que les étoiles !

Mme Baramel sourit ; elle était prête à lâcher toutes ses doctrines pourvu qu'on lui dît qu'elle était belle. Elle mit un peu de poudre. Cependant un orchestre passait sous les fenêtres ; sur la place, tout un peuple dansait et les lanternes vénitiennes commençaient de s'enflammer aux ormes mélancoliques du Maubourguet. M. Labranère errait dans la foule et s'arrêtait sous les becs de gaz afin qu'on le saluât et, à dix pas, M. Carnibolle le suivait, son grand manuscrit roulé sous le bras, et, dans l'ombre, il songeait à sa justice de paix, qu'il pensait obtenir, par les grâces d'Apollon, du président d'honneur des chasseurs au gluau.

JUSTIFICATION DU TIRAGE

IL A ÉTÉ TIRÉ DE CET OUVRAGE, PAR L'IMPRIMEUR LOUIS KALDOR, A PARIS, LE 21 DÉCEMBRE 1925, 1000 EXEMPLAIRES SUR PAPIER PUR FIL DE LA SOCIÉTÉ COMMERCIALE LAFUMA ; 50 EXEMPLAIRES SUR HOLLANDE DE VAN GELDER ZONEN ; 5 EXEMPLAIRES SUR VIEUX JAPON A LA FORME, TOUS NUMÉROTÉS.

N°

www.ingramcontent.com/pod-product-compliance
Ingram Content Group UK Ltd.
Pitfield, Milton Keynes, MK11 3LW, UK
UKHW022135260726
13993UKWH00003B/1460